## Collection de M. BESSELIÈVRE
### (3ᵉ VENTE)

# ÉTOFFES

## EUROPÉENNES ET ORIENTALES

### DES XVIIᵉ ET XVIIIᵉ SIÈCLES

#### ET AUTRES

# CATALOGUE

DES

# ÉTOFFES

## EUROPÉENNES ET ORIENTALES

### DES XVIIᵉ ET XVIIIᵉ SIÈCLES ET AUTRES

## VELOURS, SOIES, SATINS, BROCARTS

## Appartenant à M. Besselièvre

ET DONT LA VENTE AURA LIEU A PARIS

# HOTEL DROUOT, SALLE Nᵒ 6

### LES MERCREDI 3 ET JEUDI 4 AVRIL 1912

*à deux heures*

COMMISSAIRE-PRISEUR

## Mᵉ HENRI BAUDOIN

*Successeur de M. PAUL CHEVALLIER*

10, rue de la Grange-Batelière

EXPERTS

## MM. MANNHEIM

7, rue Saint-Georges

PARIS

EXPOSITION PUBLIQUE

## Le Mardi 2 Avril 1912, de 1 heure 1/2 à 6 heures

# CONDITIONS DE LA VENTE

Elle sera faite au comptant.

Les adjudicataires paieront *dix pour cent* en sus des en-
chères.


# ORDRE DES VACATIONS


## Le Mercredi 3 Avril 1912

Velours. . . . . . . . . . . . . . . . . . . . .   1 à   36
Soies, Satins, Brocarts (Partie des). . . . . .   37 à 126


## Le Jeudi 4 Avril 1912

Soies, Satins, Brocarts (Fin des). . . . . . . . 127 à 247


Paris. — Imp. de l'Art, CH BERGER, 41, rue de la Victoire.

# DÉSIGNATION

## VELOURS

1 — Quatre fragments de chasuble en velours orange ciselé, à motifs symétriques. xvi<sup>e</sup> siècle.

2 — Devant d'autel en velours ciselé, à motifs réguliers en rouge sur fond jaune. Fin du xvi<sup>e</sup> siècle.

3 — Chasuble en velours vert ciselé, avec orfroi en velours également à ramages verts sur fond orangé lamé d'argent doré. Fin du xvi<sup>e</sup> siècle.

4 — Corporal en velours rouge brodé d'argent doré, au monogramme du Christ, avec la date *1601*. xvii<sup>e</sup> siècle.

5 — Carré en velours ciselé à ramages rouges, sur fond blanc lamé d'argent. xvii<sup>e</sup> siècle.

6 — Bande en velours ciselé à larges feuilles, en vert, sur fond crème lamé d'argent. Époque Louis XIV.

7 — Dos de chasuble en velours ciselé, à grands ramages rouges sur fond crème. xvii<sup>e</sup> siècle.

8 — Fragment en velours ciselé, à grands ramages rouges sur fond blanc. Époque Louis XIV.

9 — Dos de chasuble en velours ciselé, à grands ramages rouges sur fond lamé d'argent. XVIIe siècle.

10 — Panneau de velours ciselé à grands ramages rouges, sur fond crème. XVIIe siècle.

11 — Lé de velours ciselé, à dessin de vases de fleurs et grands ramages sur fond crème, lamé d'argent; décor dit jardinière. XVIIe siècle.

12 — Lé de velours ciselé, à corbeilles de fleurs et paons, décor dit jardinière, sur fond crème. XVIIe siècle.

13 — Lé de velours ciselé, à grosses feuilles, en vert, sur fond jaune clair. XVIIe siècle.

14 — Grand lé en velours ciselé, à grands ramages rouges sur fond lamé d'argent: attributs de la Passion, rinceaux, monogrammes, etc. XVIIe siècle.

15 — Lé de velours ciselé, à grands ramages polychromes, sur fond crème, lamé d'argent; décor dit jardinière. XVIIe siècle.

16 — Carré en velours ciselé, à dessin de vases et cornes d'abondance, sur fond jaune lamé d'argent doré. XVIIe siècle.

17 — Lé en velours ciselé, à grands ramages bleus et rouges, sur fond crème. Époque Louis XIV.

18 — Fragment de velours ciselé, à dessin dit jardinière, sur fond crème. Époque Louis XIV.

19 — Grande portière en velours à grands ramages rouges sur fond jaune ; bordure de galons métalliques. Époque Louis XIV.

20 — Chasuble en velours ciselé, à gros ramages rouges, sur fond crème, avec bordure de galons. Époque Louis XIV.

21 — Lé de velours ciselé, à grands ramages rouges sur fond crème. Époque Louis XIV.

22 — Devant d'autel en velours ciselé, à grands ramages rouges sur fond crème, avec galons d'argent doré. Époque Louis XIV.

23 — Manteau de Vierge en velours vert, avec applications de dentelle d'argent doré et d'argent à fleurs. XVIIe siècle.

24 — Fragment de velours ciselé, à fleurs polychromes, sur fond blanc. Travail vénitien du XVIIe siècle, pour l'Orient.

25 — Panneau en velours ciselé, à dessin dit jardinière, sur fond crème. Époque Louis XV.

26 — Fragment en velours à ramages jaunes, sur fond rouge. Ancien travail de Scutari.

27 — Petit tapis en ancien velours de Scutari, à rosaces sur fond rouge.

28 — Panneau en ancien velours de Scutari, à motifs réguliers sur fond rouge.

29 — Panneau en velours à larges palmettes sur fond rouge. Ancien travail de Scutari.

30 — Petit tapis en velours ciselé, à grands ramages en rouge et jaune, sur fond blanc. Ancien travail de Scutari.

31 — Panneau en velours ciselé, à ramages polychromes symétriques, sur fond gris. Ancien travail de Scutari.

32 — Panneau en velours ciselé et lamé d'argent, à ramages symétriques, sur fond rouge. Ancien travail de Scutari.

33 — Panneau en velours lamé d'argent et d'argent doré, à grandes palmettes, sur fond rouge. Ancien travail oriental.

34 — Grand panneau en velours lamé d'argent et d'argent doré, à grosses feuilles, sur fond vert. Ancien travail oriental.

35 — Petit carré en velours ciselé, à dessin de branches fleuries et oiseaux, séparés par des rayures. Ancien travail persan.

36 — Carré de velours ciselé et lamé d'argent à motifs réguliers sur fond rouge. Ancien travail persan.

# SOIES, SATINS, BROCARTS

37 — Carré en satin rouge, broché à ramages
jaunes, entrelacs et rosaces. Ancien travail de
Brousse.

38 — Carré en brocart, à larges motifs symétriques.
sur fond rouge. Ancien travail de Brousse.

39 — Carré en brocart, à larges motifs symétriques,
sur fond rouge. Ancien travail de Brousse.

40 — Petit panneau en brocart, présentant des dis-
ques sur fond jaune lamé d'argent doré. Ancien
travail de Brousse.

41 — Grand lé en brocart, à larges feuilles sur fond
rouge. Ancien travail de Brousse.

42 — Petite bande en brocart, à fleurs, sur fond
bleu. Ancien travail persan.

43 — Carré en brocart à fleurs et feuilles symétriques, sur fond rouge. Ancien travail persan.

44 — Panneau en soie brochée et rayée à fleurs,
sur fond chevronné. Ancien travail persan.

45 — Carré en soie brochée, à fleurs, sur fond à
larges rayures. Ancien travail persan.

46 — Petit carré en brocart, à dessin de branches
fleuries, sur fond rouge. Ancien travail persan.

47 — Fragment d'écharpe en soie brochée à fleurs
dans des rayures. Ancien travail persan.

48 — Fragment de brocart, à dessin de branchages
sur fond bleu. Ancien travail persan.

49 — Carré en scie brochée, présentant quatre
cyprès, sur fond lamé d'argent. Ancien travail
persan.

50 — Petit carré en soie brochée, à fleurs et
rayures, d'ancien travail persan.

51 — Grande écharpe en brocart, à fleurs, d'ancien
travail persan.

52 — Petit carré en soie brochée, à fleurs et
rayures, d'ancien travail persan.

53 — Fragment de brocart, à grosses fleurs symétriques, sur fond rouge. Ancien travail oriental.

54 — Panneau en coton brodé à fleurs. Ancien travail oriental.

55 — Cinq fragments de brocart, bouclé d'argent, à
dessin de fleurs. xvi<sup>e</sup> siècle.

56 — Fragment de tapis, à dessin de motifs d'architecture et cavalier. Époque Louis XIII.

57 — Panneau en soie damassée, brochée à grandes
feuilles et fleurs. Époque Louis XIII.

58 — Voile de calice en brocart à fleurs sur fond
crème. Époque Louis XIII.

59 — Devant d'autel en broderie de soie à gros relief, sur fond de serge rouge, présentant le
Saint-Esprit au milieu de fleurs. Époque
Louis XIII.

60 — Devant d'autel en broderie et tapisserie au
point ; il présente, au centre, un médaillon entouré de rinceaux fleuris, sur fond blanc.
Époque Louis XIII.

61 — Manteau de confrérie en satin rouge, avec
bordure en applications de broderie de soie
verte, bleue et argent doré. Époque Louis XIII.

62 — Fragment de broderie, à très gros relief, présentant une corbeille de fruits et des rinceaux.
xviie siècle. Encadré.

63 — Carré en brocart, à feuilles, fleurs et rayures,
sur fond vert. xviie siècle.

64 — Grand lé de brocatelle, à grands ramages et
lions en rouge, sur fond jaune. xviie siècle.

65 — Lé de brocatelle, à grands ramages rouges
sur fond jaune. xviie siècle.

66 — Grand lé en brocart à fleurs, sur fond rouge
damassé. Époque Louis XIV.

67 — Grand lé en lampas, à grosses fleurs sur fond
rouge. xviie siècle.

68 — Chasuble, étole, manipule et corporal en satin
blanc brodé de soie et d'argent doré, à dessin
de fleurs et oiseaux. xviie siècle.

69 — Grand lé en velours ciselé, à grands ramages rouges sur fond lamé d'argent. xvii^e siècle.

70 — Grand lé en lampas, à corbeilles de fleurs et feuilles, sur fond rouge. Époque Louis XIV.

71 — Panneau de brocart, à grosses fleurs symétriques sur fond rouge. xvii^e siècle.

72 — Panneau en brocart, à grosses palmettes, sur fond jaune damassé. xvii^e siècle.

73 — Panneau en brocart, à dessin de vases portés par des amours, nœuds de rubans, fleurs, etc., sur fond lamé d'argent. Époque Louis XIV.

74 — Panneau en satin blanc, broché et chenillé, à grosses fleurs. xvii^e siècle.

75 — Panneau en satin crème broché, à grosses fleurs. Époque Louis XIV.

76 — Lé de satin broché, à grands ramages sur fond orangé. xvii^e siècle.

77 — Lé de brocart, à dessin de corbeilles de fleurs et oiseaux sur fond orangé. xvii^e siècle.

78 — Grand panneau en brocart, à grands motifs, sur fond bleu. xvii^e siècle.

79 — Petit tapis en coton brodé à fleurs. xvii^e siècle.

80 — Dos de chasuble en brocart, à motifs variés et feuilles sur fond rouge damassé. xvii^e siècle.

81 — Panneau en brocart, à grands ramages sur fond lamé d'argent. xviie siècle.

82 — Chasuble en brocart, à fleurs, sur fond crème. Époque Louis XIV.

83 — Longue bande de passementerie en bleu et blanc, du xviie siècle, réappliquée sur fond de soie rouge.

84 — Corporal en satin rouge, avec applications à dessin de rinceaux. xviie siècle.

85 — Corporal en satin rouge brodé de petites perles et d'argent, à décor de rinceaux. xviie siècle.

86 — Corporal en satin rouge brodé de soie de couleurs et d'argent doré, présentant, au centre, une figure de martyr. xviie siècle.

87 — Tapis de lutrin en soie bleuâtre, avec extrémités ornées de filet brodé; bordure de guipure à dents. xviie siècle.

88 — Petit panneau en brocart, à fleurs et rubans sur fond vert. Époque Louis XIV.

89 — Panneau en soie brochée, à grosses fleurs, sur fond jaune. Époque Louis XIV.

90 — Panneau en brocart, à fleurs et feuilles sur fond crème damassé. Époque Louis XIV.

91 — Chasuble en brocart, à grosses feuilles et fleurs sur fond vert. Époque Louis XIV.

92 — Chasuble en brocart, à grosses fleurs sur fond blanc. Époque Louis XIV.

93 — Dos de chasuble en soie verte brochée, à grosses fleurs, rochers, navires et ruines. Époque Louis XIV.

94 — Petit panneau en satin vert broché, à grosses fleurs, motifs d'architecture, cascades, navires, etc. Époque Louis XIV.

95 — Dos de chasuble en satin crème broché, à grosses fleurs lamées d'argent doré. Époque Louis XIV.

96 — Chasuble en satin vert, avec applications de rinceaux exécutés en perles de verre. Travail vénitien du xvii$^e$ siècle.

97 — Carré en brocart, présentant les armes d'un archevêque. xvii$^e$ siècle.

98 — Petit tapis de lutrin en soie brochée à fleurs, sur fond vert, avec bordure de dentelle d'argent doré. Époque Louis XIV.

99 — Chasuble en brocart, à grosses fleurs sur fond violet. Époque Louis XIV.

100 — Petit panneau en brocart à fleurs, sur fond vert armuré. Époque Louis XIV.

101 — Petit carré en brocart, à fleurs, sur fond marron armuré. Époque Louis XIV.

102 — Dos de chasuble en brocart, à grosses fleurs
sur fond orange. Époque Louis XIV.

103 — Chasuble en serge rouge, avec applications, à
dessin de rinceaux et armoiries. Travail vénitien du xviie siècle.

104 — Petit tablier et corselet en soie grise, avec
applications de verre étamé et paillettes ; bor-
dures de dentelle d'argent et d'argent doré.
xviie siècle.

105 — Petit carré en satin crème broché à fleurs,
avec bordure de galon d'argent. xviie siècle.

106 — Lé de damas jaune, à grands ramages, du
xviie siècle.

107 — Lé de damas jaune, à grands ramages, du
xviie siècle.

108 — Quatre petits fragments de satin rouge et satin blanc brodés, avec applications. xviie siècle.

109 — Petit fragment de satin rouge, avec applications de broderie d'argent doré, à rinceaux symétriques. xviie siècle.

110 — Voile de calice en moire blanche brodée en
chenille à fleurs, en soie de couleurs et argent
doré. xviie siècle.

111 — Petit fragment de tapis, à grands ramages,
en rouge et jaune sur fond crème. Époque
Louis XIV.

112 — Petit carré en drap d'argent et d'argent doré, à grands ramages. xvii<sup>e</sup> siècle.

113 — Chasuble en soie blanche, brodée d'argent doré, et de soie de couleurs, à fleurs, en gros relief. xvii<sup>e</sup> siècle.

114 — Bas de jupe en satin broché à fleurs, fruits et paysages, sur fond marron. Époque Louis XIV.

115 — Grand panneau, brodé de soie et d'argent, à très gros relief, présentant la Sainte Face, dans un compartiment octogone simulant un cadre et entouré de fleurs et oiseaux sur fond lamé d'argent ; le tout dans un encadrement à grosses feuilles, avec écusson d'armoiries d'un chevalier de Malte, à la partie inférieure. Ce panneau porte l'inscription : *Ex originali........... F. Henricus de Leron Fecit mel....... an. 1658.* xvii<sup>e</sup> siècle.

116 — Grand panneau, en hauteur, présentant, sur fond de satin blanc, des arbustes chargés de fleurs et de fruits, ainsi que des insectes et des oiseaux, en broderie de laine. Travail anglais du xvii<sup>e</sup> siècle.

117 — Petit fragment de tapis, présentant un médaillon contenant un buste. Époque Régence.

118 — Fragment en satin orange, quadrillé et broché à fleurs, en vert et blanc. Époque Régence.

119 — Petit panneau en soie brochée, à dessin de corbeilles de fleurs et dais, sur fond crème. Époque Régence.

120 — Carré, en soie brochée à grosses fleurs sur fond jaune armuré. Époque Régence.

121 — Panneau en brocart, à fleurs et glands, sur fond rouge damassé. Époque Régence.

122 — Panneau en soie brochée et chenillée, à dessin de branchages fleuris et chargés de fruits, sur fond rose armuré. Époque Régence.

123 — Panneau en satin crème broché, à dessin de fleurs, cascades, personnages, etc. Époque Régence.

124 — Jupe défaite en satin vert damassé, brodé d'argent doré et d'argent à quadrillés, rocailles, etc. Époque Régence.

125 — Chasuble, voile de calice, étole, manipule et corporal en soie blanche brodée de fleurs en soie de couleurs et d'argent doré. Époque Régence.

126 — Jupe défaite en satin crème, brodé à bouquets de fleurs, palmettes et motifs réguliers. Époque Régence.

127 — Deux panneaux en brocatelle, à grosses fleurs en rouge et vert, sur fond jaune. Époque Régence.

128 — Chasuble en brocart, à grosses fleurs sur
fond vert damassé. Époque Régence.

129 — Tapis de lutrin en soie blanche brodée d'argent doré et de soie de couleurs, à fleurs. Bordure de franges. Époque Régence.

130 — Jupe en soie vieux rose, avec applications de
passementerie à grands ramages. Époque Régence.

131 — Jupe défaite en damas blanc brodé, à fleurs,
coquilles et rinceaux. Époque Régence.

132 — Grand panneau, en largeur, en soie blanche
damassée, brodée de soie de couleurs et d'argent
doré, à dessin de personnages de style antique,
rocailles, fleurs, etc. Époque Régence.

133 — Panneau en satin broché à rubans et feuil-
lages, sur fond jaune. Époque Louis XV.

134 — Petit panneau, en brocart, à fleurs sur fond
lamé d'argent doré. Époque Louis XV.

135 — Petit panneau en satin jaune brodé, à dessin
de personnages, navires, habitations, animaux.
Époque Louis XV.

136 — Grand carré en brocart, à dessin d'embarca-
tions et personnages chinois, avec rocailles, sur
fond vert. Époque Louis XV.

137 — Fragment en satin vert broché, à dessin
de chasseurs, oiseaux et arbustes. Époque
Louis XV.

138 — Panneau en soie brochée, à dessin de style chinois : kiosques, navires, personnages, etc. Époque Louis XV.

139 — Panneau en brocart à fleurs, sur fond crème damassé. Époque Louis XV.

140 — Panneau en brocart, à grosses fleurs, sur fond crème damassé. Époque Louis XV.

141 — Carré en soie crème brochée, à dessin de fleurs et attributs de jardinage. Époque Louis XV.

142 — Carré en brocart à fleurs, groupes de personnages et ruines, sur fond vert. Époque Louis XV.

143 — Chasuble en soie brochée à fleurs, sur fond crème armuré. Époque Louis XV.

144 — Panneau en brocart, à bouquets de fleurs et motifs ondulés, sur fond vieux rose armuré. Époque Louis XV.

145 — Panneau en brocart à fleurs, sur fond lamé d'argent. Époque Louis XV.

146 — Chasuble en brocart, à bouquets de fleurs et motifs ondulés, sur fond bleu armuré. Époque Louis XV.

147 — Petit tapis en brocart, à dessin de vases de fleurs sur fond rayé polychrome. Époque Louis XV.

148 — Chasuble en soie brochée à fleurs, sur fond crème armuré. Époque Louis XV.

149 — Chaperon en brocart, à fleurs, fruits et petits paysages maritimes, sur fond bleu armuré. Époque Louis XV.

150 — Panneau en brocart, à grosses fleurs, sur fond crème damassé. Époque Louis XV.

151 — Panneau en brocart à fleurs, vases et arbustes, sur fond bleu pâle damassé. Époque Louis XV.

152 — Dalmatique défaite en soie blanche, brodée de soie de couleurs et d'argent, à dessin de vases de fleurs, rinceaux, feuilles, etc. Époque Louis XV.

153 — Panneau en brocart, à grosses fleurs et motifs d'architecture sur fond crème armuré. Époque Louis XV.

154 — Carré en brocart, à grosses fleurs, sur fond vieux rose. Époque Louis XV.

155 — Carré en brocart, à fleurs et motifs d'architecture sur fond vert. Époque Louis XV.

156 — Panneau en satin broché, à dessin de gros fruits et fleurs, sur fond crème. Époque Louis XV.

157 — Petit panneau en brocart, à bouquets de fleurs et glands, sur fond crème armuré. Époque Louis XV.

158 — Petit panneau en brocart, à bouquets de
fleurs enrubannées, sur fond crème armuré.
Époque Louis XV.

159 — Petit panneau en lampas, à dessin de chinois dansant ou faisant de la musique, arbustes
et draperies, en blanc sur fond rouge. Époque
Louis XV.

160 — Petit panneau en brocart, à fleurs, sur fond
lamé d'argent doré. Époque Louis XV.

161 — Petit panneau en satin orange, broché à
dessin de ruines et arbustes fleuris. Époque
Louis XV.

162 — Panneau en brocart, à fleurs, sur fond jaune.
Époque Louis XV.

163 — Fragment de soie brochée à plumes et
fleurs, sur fond vert armuré. Époque Louis XV.

164 — Chasuble en soie brochée et chenillée à
fleurs, sur fond bleu pâle. Époque Louis XV.

165 — Chasuble en brocart, à fleurs sur fond crème.
Époque Louis XV.

166 — Petit panneau de satin broché, à branches
fleuries sur fond bleu armuré. Époque Louis XV.

167 — Petit panneau en brocart, à bouquets de
fleurs et quadrillés, sur fond crème. Époque
Louis XV.

168 — Panneau en brocart, à bouquets de fleurs
et rubans sur fond lamé d'argent. Époque
Louis XV.

169 — Panneau de brocart, à dessin de fontaines,
rocailles et fleurs, sur fond jaune damassé.
Époque Louis XV.

170 — Lé de brocart, à fleurs et fruits, sur fond
lamé d'argent. Époque Louis XV.

171 — Carré en brocart, à fleurs sur fond lamé
d'argent doré. Époque Louis XV.

172 — Petit panneau en brocart, à grosses fleurs et
petits quadrillés sur fond jaune. Époque Louis XV.

173 — Dos de chasuble en brocart, à fleurs, sur fond
violet. Époque Louis XV.

174 — Chasuble, en deux parties, en brocart.
à grosses fleurs sur fond rouge. Époque
Louis XV.

175 — Chasuble en brocart, à grosses fleurs, fond
blanc armuré. Époque Louis XV.

176 — Manteau de Vierge en brocart, à fleurs sur
fond à larges rayures blanches et roses. Époque
Louis XV.

177 — Petit panneau en brocart, à fleurs sur fond
vieux rose. Époque Louis XV.

178 — Petit panneau en brocart, à fleurs et quadrillés, sur fond blanc rayé de rose. Époque
Louis XV.

179 — Petit panneau en brocart, à guirlandes de
fleurs enrubannées sur fond blanc rayé. Époque
Louis XV.

180 — Petit carré en brocart, à bouquets de fleurs
et guirlandes enrubannées, sur fond blanc rayé.
Époque Louis XV.

181 — Petit panneau en brocart, à fleurs et rocailles
sur fond crème damassé. Époque Louis XV.

182 — Petit panneau en brocart, à dessin de groupes
de musiciens et d'arbustes sur fond vert. Époque Louis XV.

183 — Dos de chasuble en brocart, à fleurs et
feuilles, dans le goût chinois, sur fond jaune
très clair. Époque Louis XV.

184 — Petit panneau en brocart, à fleurs et rubans
sur fond crème. Époque Louis XV.

185 — Petit tapis en soie brochée, à fleurs et médaillons, sur fond vieux rose. Époque Louis XV.

186 — Petit panneau en soie brochée à fleurs et rubans, sur fond mauve armuré. Époque Louis XV.

187 — Petit panneau en soie brochée, à fleurs, sur
fond mauve. Époque Louis XV.

188 — Petit panneau en brocart, à fleurs, sur fond crème damassé. Époque Louis XV.

189 — Chasuble en brocart, à grosses fleurs sur fond jaune. Époque Louis XV.

190 — Robe de Vierge en brocart, à fleurs, sur fond crème lamé d'argent. Époque Louis XV.

191 — Chasuble en brocart, à corbeilles de fleurs et bouquets, sur fond crème. Époque Louis XV.

192 — Chasuble en soie rayée et brochée, à fleurs. Époque Louis XV.

193 — Chasuble en brocart, à grosses fleurs sur fond d'argent. Époque Louis XV.

194 — Petit panneau en brocart, à grosses fleurs, sur fond bleu rayé d'argent doré. Époque Louis XV.

195 — Chasuble défaite en brocart, à grosses fleurs, sur fond vert rayé argent. Époque Louis XV.

196 — Panneau de brocart, à bouquets de grosses fleurs, sur fond gris armuré. Époque Louis XV.

197 — Panneau de brocart, à grosses fleurs, sur fond crème. Époque Louis XV.

198 — Manteau de Vierge en brocart, à fleurs, sur fond crème. Époque Louis XV.

199 — Petit panneau en satin orange, broché à fleurs et chenillé. Époque Louis XV.

200 — Chaperon en brocart, à grosses fleurs sur fond crème. Époque Louis XV.

201 — Panneau en brocart, à dessin de fleurs et ruines, sur fond vert armuré. Époque Louis XV.

202 — Petit panneau en brocart, à décor de cornes d'abondance remplies de fleurs, sur fond crème. Époque Louis XV.

203 — Fragment de tapis, à dessin de petits bouquets de fleurs. Époque Louis XV.

204 — Fragment de satin blanc, broché à dessin de personnages et branches fleuries, dans le goût chinois. Époque Louis XV.

205 — Fragment de satin crème, broché à dessin de personnages, kiosques, cages, oiseaux, papillons et fleurs, dans le goût chinois. Époque Louis XV.

206 — Petit tapis en soie brochée, à bouquets de fleurs, dans le goût chinois, sur fond rayé polychrome. Époque Louis XV.

207 — Petit panneau en brocart, à petits personsonnages, kiosques, arbustes et oiseaux, de style chinois, sur fond orangé. Époque Louis XV.

208 — Petit panneau en lampas, à bouquets et guirlandes de fleurs en blanc sur fond rouge. Époque Louis XV.

209 — Dos de chasuble en brocart, à fleurs sur fond violacé armuré. Époque Louis XV.

210 — Petit tablier en brocart, à fleurs, sur fond violacé. Époque Louis XV.

211 — Petit panneau en lampas, à dessin de chinois et arbustes en jaune, sur fond rouge. Époque Louis XV.

212 — Petit panneau en brocart, à petits bouquets de fleurs, sur fond crème. Époque Louis XV.

213 — Lé de soie verte armurée, brochée à bouquets de fleurs polychromes. Époque Louis XV.

214 — Petit panneau en brocart, à guirlandes de fleurs, sur fond bleu. Époque Louis XV.

215 — Petit panneau en soie brochée, à bouquets de fleurs enrubannées, sur fond jaune chamois. Époque Louis XV.

216 — Petit panneau en brocart, à fleurs, sur fond crème. Époque Louis XV.

217 — Chasuble en soie brochée, à grosses fleurs, sur fond vert armuré, avec dentelle d'argent doré. Époque Louis XV.

218 — Chasuble en brocart, à fleurs, sur fond lamé d'argent doré. Époque Louis XV.

219 — Chasuble en soie blanche brodée de soie de couleurs et d'argent doré, à dessin de branches fleuries et rocailles. Époque Louis XV.

220 — Panneau en brocart, à dessin d'amours, motifs d'architecture, draperies, navires, fruits et feuilles, sur fond bleu. Époque Louis XV.

221 — Tapis en satin blanc brodé de soie de couleurs et d'argent doré, dans le goût chinois, à dessin de chars avec personnages, oiseaux, fruits, fleurs, etc. Époque Louis XV.

222 — Chasuble, en deux parties, en brocart, à dessin de personnages faisant de la musique, kiosques et fleurs, sur fond marron damassé. Époque Louis XV.

223 — Chasuble en brocart, à dessin de style chinois, sur fond vert. Époque Louis XV.

224 — Devant de robe en soie blanche brodée au point de chaînette, à fleurs et médaillons. Époque Louis XVI.

225 — Chasuble défaite en soie blanche, brodée au point de chaînette, à bouquets de fleurs et rubans, avec médaillon contenant l'Agneau pascal. Époque Louis XVI.

226 — Jupe défaite en satin blanc, brodé au point de chaînette et chenillé, avec paillettes ; dessin de guirlandes de fleurs et rubans. Époque Louis XVI.

227 — Devant de jupe en soie crème brodée au point de chaînette, à dessin de fleurs et branchages. Époque Louis XVI.

228 — Carré en brocart, à bouquets de fleurs enrubannées, sur fond crème. Époque Louis XVI.

229 — Panneau en brocart, à bouquets de fleurs
enrubannées, guirlandes et rayures sur fond
vieux rose, avec rehauts de métal. Époque
Louis XVI.

230 — Carré en satin rayé blanc et rouge, et broché
en chenille, à bouquets de fleurs. Époque
Louis XVI.

231 — Lé de satin rayé et broché, à guirlandes de
fleurs, sur fond crème. Époque Louis XVI.

232 — Chasuble en brocart, à fleurs sur fond vieux
rose rayé. Époque Louis XVI.

233 — Dos de chasuble en satin blanc, brodé au
point de chaînette et en chenille, à fleurs et rubans. Époque Louis XVI.

234 — Petit panneau en lampas, à corbeilles de
fleurs et rubans en vert et blanc, sur fond
rouge. Époque Louis XVI.

235 — Petit panneau en brocart, à fleurs et rayures,
sur fond crème. Époque Louis XVI.

236 — Petit panneau de satin crème, brodé à
bouquets de fleurs enrubannées. Époque
Louis XVI.

237 — Lé de lampas, à dessin d'attributs de jardinage et fleurs, en blanc sur fond bleu pâle.
Époque Louis XVI.

238 — Partie de chasuble en brocart, à bouquets de
fleurs et rayures, sur fond crème. Époque
Louis XVI.

239 — Lé de lampas, à corbeilles, bouquets de
fleurs et rubans en bleu et crème, sur fond
jaune. Époque Louis XVI.

240 — Carré en brocart, à dessin de bouquets de
fleurs et rayures sur fond lamé d'argent. Époque
Louis XVI.

241 — Petit panneau en brocart rayé et broché, à
bouquets de fleurs et attributs de bergerie.
Époque Louis XVI.

242 — Petit panneau en lampas, à dessin de vases
de fleurs, draperies et rubans, en blanc sur fond
rouge. Époque Louis XVI.

243 — Lé de lampas, à corbeilles et bouquets de
fleurs et rubans en crème et jaune, sur fond
rouge. Époque Louis XVI.

244 — Petit panneau, en lampas, à corbeilles de
fleurs, rubans, fruits, etc., en vert et crème, sur
fond rouge. Époque Louis XVI.

245 — Nappe en lampas, à dessin gris sur fond
rouge : personnages prenant un repas, avec
bordure à sujet de chasse. Allemagne. xviiie
siècle.

246 — Deux fragments d'ancien tapis, à dessin
d'oiseaux, personnages et animaux, sur fond
ondulé.

247 — Dossier de canapé en tapisserie au point,
présentant une corbeille de fleurs sur fond
crème.